老莫的诗

千叶集

莫幼群 著

青岛出版社
QINGDAO PUBLISHING HOUSE

图书在版编目（CIP）数据

老莫的诗·千叶集 / 莫幼群著.—青岛：青岛出版社，2016.7
ISBN 978-7-5552-4257-4

Ⅰ.①老… Ⅱ.①莫… Ⅲ.①诗集—中国—当代 Ⅳ.①I227

中国版本图书馆CIP数据核字（2016）第154491号

书　　　名	老莫的诗·千叶集
著　　　者	莫幼群
出 版 发 行	青岛出版社
社　　　网	青岛市海尔路182号（266061）
本 社 网 址	http://www.qdpub.com
邮 购 电 话	13335059110　0532-68068026
策 划 组 稿	刘海波
责 任 编 辑	田　磊
封 面 设 计	姜岩利
制　　　版	青岛乐喜力科技发展有限公司
印　　　刷	青岛新华印刷有限公司
出 版 日 期	2016年8月第1版　2016年8月第1次印刷
开　　　本	32开（890mm ×1240 mm）
印　　　张	5.25
字　　　数	100千
印　　　数	1-5000
图　　　数	38幅
书　　　号	ISBN 978-7-5552-4257-4
定　　　价	32.00元

编校印装质量、盗版监督服务电话：4006532017　0532-68068638
印刷厂服务电话：4008053267
本书建议陈列类别：文学类　诗歌类

目　录

_____ contents

迎春花

我宁愿相信

去年那么多伤感的落英

全被吸进了黑洞

在那儿仅煎熬一秒

便度过了整个冬天

如今派出最细小的使者

绽放在超弦一般的枝条上

只为避免闪瞎人们的双眼

宇宙间的这一股伟力

能摧毁星星又让它重生的伟力

却在一枝一叶面前克制着自己

把辉煌变成长流的细水

把盛大变成温柔的怜悯

2 月 10 日

雨福

初春的雨
是一颗颗绿色的流星
因为太着急奔向地球
快得让身躯变成了透明

初春的雨
是一个个隐身的天使
解救草木于无形
然后让阳光蒸干自己
天使从不索取万物的感激

2 月 12 日

声音

"左边的叶子请让一让
右边的叶子也请避一避
好让最新的嫩尖冒出来
让它和白云打个招呼"
是谁在发出这样的指令
我清晰地听见声音来自土壤里的根系
来自这棵树本该待着的热带雨林

当我还是孩童的时候
我经常能听见这类声音
甚至能看见时间的蜜汁
从蜻蜓翅膀上滴落下来
结成贮存香气的琥珀
还能看见空间的钟摆
从大象背上荡漾过去
晕出披着白雪的山岭

然后就是太久太久
我和大自然之间

彼此无言相告

无言相告彼此

直到这一刻嫩尖从叶顶冒出

重新接通我的听觉神经

2 月 14 日

玉兰

你一定要在黄昏去看玉兰

小鸟会殷勤地为你衔来灯绳

而那空气中漾动的暖意

有力地牵引着你

快拉下这春天的帷幕吧

千朵花盏，万朵花盏，

胜过所有街市的万家灯火

其实你没有点亮它，它也没有点亮你

你们不过是各自点亮了自己

2 月 20 日

白兰树

远远地，就被那浓郁花香吸引
白兰不像玉兰那么矜持
简约的先花后叶，而是大把的花
和大把的叶一同呈现
如果说玉兰是宫廷贵族的酒杯
那么白兰就是乡野里的香雪海

但那种骨子里的落寞只有它
自己知道，因为等来一个人
还远远不够，它要等的是一群人
一队提着灯笼的明代女子
一队去挖荠菜的清朝妇人
或是一队唱着歌谣的民国女生
白兰会把花朵分给她们每一个人
戴上发梢，把春天最美的流云带回家

3月6日

红叶李

　　红叶李冒着风险，在初春不稳定的天气里开放，往往一场雨后，满树繁华就大半陨落。但我以为，这正是花瓣与雨的"合谋"，甚至可以说，花瓣就是雨滴的变体。其实立春过后，细细的雨滴就漫天漫地下个不停，只是有时眼睛看不见而已。有那么一些雨滴比较顽皮，它们愿意先落在红叶李的枝条上，以灿烂的姿态待上两三天，而后再心满意足地融入大地——那是它们命定的归宿，不早也不晚。

　　世间万物都是由最基本的粒子组成的，千差万别的形体只是表象，更内核的特征应该是温度——那是体恤的太阳所赐给地球的热量，不多也不少。

3 月 7 日

康乃馨

你应该会想到这样的场景
花神该怎么制作一朵康乃馨
她一定是用了最大的耐心
叠出世上最多的皱褶
因为她知道日后一位母亲
也将付出同样的耐心
然后她一定要小心翼翼地
把花朵的水分控干
像写给孩子的最红的信笺
因为她知道日后一位母亲
也将蒸干自己体内的水分
无论眼泪或血液，乳汁或汗水

你应该会想到这样的场景
一朵康乃馨该怎么在你的房间绽放
即便是在花瓶里

它也比其他的花活得长久

因为它知道，你也知道

母爱永远不会离开

无论白天或黑夜，今生或来世

3月8日

餐盘里的植物史

菠菜，山药，茴香
黄瓜，小萝卜，奶白菜
你用两到三个音节
就轻易喊出它们的名字
殊不知这些在全球迁徙的植物
要花四到五千年
才形成今天的样子
你轻松地吃下了它们
而那世界上最初的种子
那造物主绿色的意志
正在天空中怜悯地看着你
像看着在森林里迷路的孩童

3 月 9 日

种一棵树

柏拉图说男人一生要做四件事

写一本书，生一个儿子

种一棵树，造一座房子

他告诫人要尽可能多留下印迹

让世界从不同方向记住自己

而当孙子的孙子认不出高祖的照片

树仍然把植树者的样子刻在年轮深处

树是大地最优秀儿子，是小鸟最忠实房子

树是一本每天都在更新的书，每一片

叶子都写满它和阳光雨露的精神爱恋

树通过地下的根系不停传话，直到传至

离植树者房子最近的那棵树，告诉它：

当年这个人种下了我，现在请你代我

伸出美丽树冠，护佑他子孙的子孙

3 月 12 日

五朵云草

像古老的拨盘电话

让你忍不住想顺时针

拨下五个数字

打给去年三月

那一只没有降落的黄鹂

春天短暂，稍纵即逝

像刺激的俄罗斯轮盘赌

花神已经在这支左轮手枪

里面装满了弹药

让你忍不住想逆时针

转动，再对准自己的头颅

——扣动扳机

从第一枪的玉兰到第五枪的樱花

春天盛大，猝不及防

3 月 15 日

连翘

金色音符从蜡梅开始
经过迎春花，到连翘暂止
是谁把这一切拉在一张小提琴上
从容，有序，略带华丽的伤感
所有辉煌的日子都将归入尘土
土生金，再开始下一个优美的闭环

而它的心是苦的
那是金黄外衣下刻骨的温柔
它在春天里，已预备好夏天的解药
并把奏鸣的任务托付给深秋的银杏
只有深入一株植物内心
你才会明白那酸涩的汁液
其实是永恒的潮水
拍打着宇宙的彼岸

3 月 23 日

玲珑塔

四百年前的往事
早在蓝天下融化
曾挂在檐角的三千枚风铃
只在记忆中低鸣
残损的金刚塑像已露出木芯
把威武的表情留在了大明

只剩下砖塔的石头
和梅花的骨头
它们还在进行一场生命的赛跑
跑过你，也跑过我
让我们的灵魂发出复调的呼喊
疾风般痛快，细雨般轻叹

3 月 24 日

蜗牛的步法

蜗牛有着这个世界上最诡异的步法。

我总是看到，它们悄悄地出现在阳台的高高天花板上、密闭浴室的瓷砖上，或是出现在一朵纤弱的三叶草上。它们是从哪里来的，它们是怎么上去的？

这让我相信一个说法：蜗牛是雨的孩子。但在雨妈妈所有的孩子中，蜗牛应该是最桀骜不驯的那一个。因为，雨水虽然总是渗透无迹，但毕竟还要遵循重力。而看起来呆头呆脑的慢蜗牛，不仅挑战着最微小的缝隙，还挑战着最伟大的重力，甚至挑战着一朵小黄花对于它前生的记忆。

3 月 26 日

落英

一棵树最幸福的事
就是漂浮在自己制造的花海上
起起落落地航行着
像一面几乎醉倒的帆
要将整个树干融化
黄昏就是黎明，黎明就是夜晚
彼岸就是此在，此在就是镜像
远远近近地映射着
上下都是天堂

4 月 5 日

流浪的野海棠

一棵野海棠
为什么误入垂丝海棠深处
像白色的超新星
在粉红色的宇宙里爆炸

它比较正规的名字
是茶海棠或湖北海棠
野海棠是河南人的叫法
浙江人叫它野花红
湖北人叫它花红茶
四川人叫它秋子
甘肃人叫它小石枣

野海棠站在垂丝海棠当中
却并不觉得孤单
它有你看不见的耳朵
倾听着从四面八方传来的乡音
乡亲们用地道土话呼唤它的名字
每应承一声，就有一朵花飘落下来

那是从大地深处喷涌的乡愁

让这棵树幸福地战栗

如同星际爆炸所发出的声响

在人类鼓膜感知不到的波段

4 月 6 日

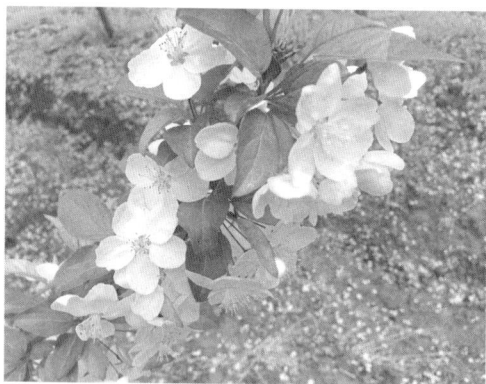

早桂花

总有一些桂花过于性急
急切地张开嫩黄的脸孔
像不安于睡眠的小淘气
总有一些桂花过于性急
误解了春天跌宕的用意
更未读过艾略特的诗句
但它们身下的小草
记住了那短暂的香气
还有料峭风中的一只手机
也将拾取那天真的勇气

"四月是最残忍的一个月"
从艾略特纠结到海子
从呼吸纠结到天气
冷与暖，新与老
郁与欢，花与雨
反复交替
谁也不肯退出舞台
直至最后融为一体

于是沉入大地的血脉

沁入枝叶的经络

终于结出盛夏的果实

在那让人健忘的温软的甘甜里

竟曾经弥合了这么多友与敌

（前些天温度高，新加坡花园城小区的桂花竟开

了。这几天突降温，它们的日子可能不太好过。有感于

此，写了一首《早桂花》。）

4月7日

难题有解

上帝曾指着一片三叶草地
让我算出"3+3=9"的答案
那时我以为他在存心提弄
现在才知道是我不够努力

眼前这比浅绿更清浅的草丛
倒映着比深蓝更深邃的夜空
夜空背后还将流出多少秘密
像彗星一样悄然地
散落在无人注意的僻静之地

（发现一株五叶草和一株四叶草，就在花园城小区人工湖畔的一片草坪里！两株草相距只有半米，真是出离神奇了。故写《难题有解》记之。）

4月8日

枯枝

喜鹊收集地上的枯枝
把它们送回大树
它在帮树枝回家的同时
也有了自己的家

有些树枝是另一些杨树的
更多树枝是另一些树种的
但杨树不嫌弃它们
全部接纳在自己的怀抱里
并与喜鹊商量好
让它们长成低于植物
而高于人造物的生灵

4月9日

香樟叶

香樟叶子并非总是无趣的常绿。

在仲春或深秋，由于天气变化无常，香樟叶子会发生颜色和纹样上的变异，天气越是剧烈，叶子就变态得越好看。

有一次我发现，一枚香樟叶背面的图案，几乎就是一幅大不列颠岛的地图。从宗教上，这叫显灵；从逻辑上，这叫互证；从移情上，这说明世界是友好的，你中有我，我中有你。

我看着无数的叶子被吹散、被清扫，也知道这本是它们的命运。但我心中，仍然住着一个不知天高地厚的顽童，想把所有落叶都收集起来，一片一片地，拼出一整幅关于世界的地图，尽管我知道这活儿干不完、也干不漂亮。

4 月 12 日

菩提叶

顿悟是一柄刺向虚无的剑
所以菩提叶有着最长的水滴尖
从心出发
挑战空背后的空
将横亘的虚无刺出一点微光
照着不肯停驻的时间

当葱茏的岁月渐逝
碣石般的坚忍
将一点一点地浮现
将生命的绿意
呵护在心的中央
仿佛呵护着最后一片草原

在虚空的树上摘下圆满的果实
在忘川的河滩立起记忆的肉身

4 月 19 日

时态

叶芽，新叶，长成的叶

将来时，现在时，过去时

哪一面人造的镜子

能让你看到三个不同时态的你

纵使这面镜子镶嵌着最珍贵的宝石

你只能虚心地贴近一棵树

向它请教生长的秘密

了解从最低等的阿米巴

到最高等的人类，都必须遵从的规律

4 月 20 日

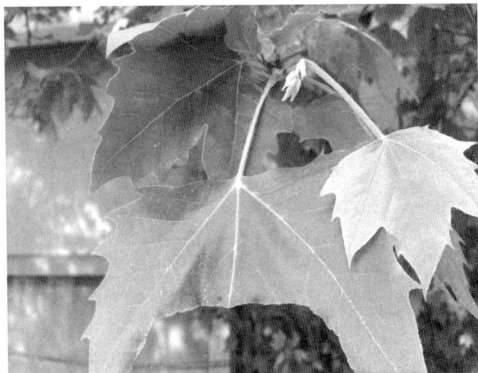

龙爪槐

龙爪槐的叶子初生时，皱巴成一团，像极了小鸟的羽毛。

这让你疑心它马上就要飞起来，甚至疑心第一只变成鸟类的恐龙，就是栖息在龙爪槐上的。但你立即又否定了自己的想法，因为在恐龙那个时代，还没有龙爪槐，也没有它的近亲国槐和远亲刺槐，只有它们的远亲的远亲的远亲……

可当槐叶长大之后，它反而不想飞了，样子就像一个踱着八字步的青年。因为它有了根的概念，与地底下的根有了不成文的约定。一阵阵风吹来，叶子在风中起舞，但只要这风不能在最深处动摇根基，叶子就一点也不心急——它在等着深秋时的垂直降落，降落到离根最近的地方。

从这个意义上说，恐龙也并未远走，由它所变的小鸟，几乎每天早晨都会叫醒安睡在你窗户上的朝阳。

4 月 22 日

红枫

它有许多典雅的名字

但我还是喜欢叫它鸡爪槭

像是小时候喂养的一只家禽

亲切，温暖，家常

却也勾连着远方

那隐居在昆仑的火凤凰

该是它的远亲吧

每当你迈出生命中重要一步

这小小槭树就会长出一片新叶

记录下你的雪泥鸿爪

收集这些专属于你的叶子吧

寄给远山怀抱中的仙人

让他在云雾缭绕里

静静阅读你的人生

4 月 24 日

蓝花

谁了解一朵蓝花在绿海里的孤寂

它不知道它们怎样看它

是不世出的天才

还是莽撞的持不同政见者

于是它越来越不自在

越发冷

也就越发蓝

其实它在它们的上面

它们早就达成了这样的共识

它们看着它

像一群葱绿的小星望着蔚蓝的月亮

像一群风景画家望着莫奈

像一群晚唐诗人望着李白

4 月 27 日

荷伞

收走蛙声的天神
也收走了秋荷的大伞
收进暗黑的寒塘
顺便把盛夏的阳光封进淤泥
可嘴边却一直在打气：
不要着急，不要着急
瞧，那伞柄还留在外边
它就是来年接头的旗杆

撑开鸟翼的天神
也撑开了春荷的小伞
一天绿似一天
一圈大过一圈
可心里却不停在提醒：
不要懈怠，不要懈怠
唯恐自己撑不起花娘的出场
而当盛夏的阳光重新钻出水面
每一根枯瘦的旗杆

都将幻化为蜻蜓

盘旋在花娘的头顶

辨认那经年不变的容颜

4 月 28 日

许多好诗是雨天写的

合肥今天下雨了
许多好诗是雨天写的
那些年前的那些场雨
因为杜牧的行走
韩愈的童心
陆游的梦游
还有清照的泪滴
而变得不同
于是一直定在那里
经过你也经过我
收集我们灵魂的湿气

许多好诗是雨天写的
在雨天写下的诗
从来不需要标点
那是雨自己的专利
有时它一直用逗号
有时它一直用顿号
甚至一直用感叹号

偶尔用一点分号
但用得最多的还是省略号
因为它明白世间
那些漫长而遥远的思念
它懂的

许多好诗是雨天写的
合肥今天下雨了
于是我徘徊在草丛
看见那不间断的省略号
从牵牛的叶子点到杜鹃的叶子
从鸡爪槭的叶子点到龙爪槐的叶子
再从鹅掌楸的叶子
点到鸟雀透明的双翼
汇成晶亮的小溪

5月2日

牵牛花

牵牛花是最靠谱的学生
总是准时张开自己的朝颜
然后用最饱满的声线朗读
在午后写着自己的芬芳作业
在黄昏慢慢收拾书包准备放学
如果临睡前有点小雨，它将感恩
如果没有，它也无怨

只是在睡梦中
它会梦见那些从不靠谱的家伙
梦见奋不顾身绽放的早樱
拒绝南飞的大雁，从未开裂的坚果
不愿变成蝴蝶的毛毛虫
以及居无定所的行者
它不由得有一丝神往
但身边所有的枝叶都已入睡
谁会伸出手来
替它按停定好的闹钟

5 月 3 日

马褂木上的朝臣

两片想牵手的马褂树叶

像不像刘墉和纪晓岚

并肩站立于朝堂之上

方正的褂袍如沉闷的钟

一辈子活在帝国的阴影里

经营着谨小慎微的快乐

喝酒，对诗，写字，听曲

互相把最珍贵的砚台赠给对方

有没有一棵

直通智慧天国的建木

把那些故去的先贤挂在上面

再把硕大的叶子

伸展到每一扇窗前

让他们在起风的日子

剪去长辫，脱下迂腐

在窗边低声诉说着

那本该比飞鸟还要傲娇的青春

5 月 4 日

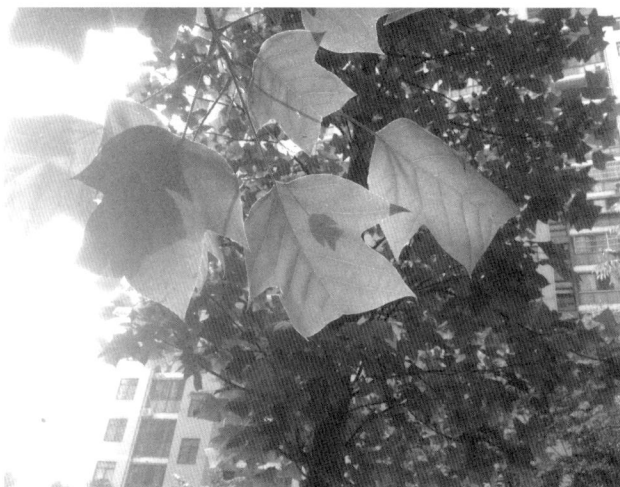

野草莓

野草莓是大自然中的"色彩控"，总是把最鲜艳的颜色往自己身上招呼。那亮黄的小花，鲜红的果实，总让我想起一面西班牙国旗，以及在这面国旗下奋战一生的斗牛士。

野草莓知道自个儿身量太小，必须动用最响亮的色彩美学才行。黄色，是最吸引蜜蜂和蝴蝶眼球的颜色；那在草丛中一闪一闪的小红眼睛，则是在向鸟雀示好。一颗、两颗、三颗……只有当所有的小红果子都被鸟儿吃掉时，野草莓才会安下心来。然后它会气定神闲地，以草根的身份，写一本成功学专著，传授自己在万木葱茏中那一点可爱的心机。

所以当你伸手去采野草莓时，请轻柔地摆动手指，仿佛小鸟翅膀带起的微风，好让它觉着自己得到了最好的归宿。

5 月 5 日

停下的时间

那个下午的秘密
关于一些生命的秘密
只有我和两只小虫知道
一只紫薇花叶上的瓢虫
一只海桐树叶上的蜗牛
或许还要加上第四者——上帝
但这秘密其实就是上帝本身
至少我们窥见了他藏在面纱后的一角
所以不需要重复计数

然后怀着巨大的喜悦
和巨大的空洞——两者总是成正比
——转身离开
就像我们从未相识那样
我向着喧嚣的闹市
瓢虫爬向叶子中央，变成了花蕊
只有那只蜗牛，带走了自己的呼吸
却把壳留在了那里
好让停滞的时间赶上来
在壳内雕刻出美丽的螺纹

5 月 6 日

对闯入者的微笑

世界上最动人的微笑

是对闯入者的微笑

请把自己的花瓣往左移一点

再把叶子往下低一点

好让这家伙有个容身之所

能定下神来呼吸呼吸

而你的每一步退让

都将连缀成嘴角最优美的弧度

世界上最动人的微笑

是对闯入者的微笑

别把这家伙看成刺客

而是当作迷路的孩子

请指给他看太阳的早餐

再指给他看星星的晚安

请告诉他泥土的温度

再告诉他季风的湿度

然后，各自开放
彼此成为对方最好的背景

原来，这个世界上
能同时容纳一亿朵花开放
正如你的脸上
其实可以发动一亿次微笑

（写于5月8日"世界微笑日"）

酒之歌

成为酒的红高粱

会不会羡慕成为面的伙伴

羡慕后者简单而清浅的旅程

总是能便捷地来到

男女老少口边

用甜蜜融化他们的味蕾

再汇入合家欢的轻畅

而他被酒神选中

领受了不同的任务

须得煮烤

溶解自己的肌肤于热海

须得沉潜

按捺自己的呐喊于深潭

须得发酵

改写自己的基因于幽暗

须得蒸馏

升腾自己的灵魂于云端

只有经过这一番千转百回

才能自信满满地

走向那些失意者和彷徨者

在耳边，为他们

唱一首百折不挠的灵歌

5月9日

收留星星的绣球花

太阳系流浪的小行星中
只有万分之一是粉红色的
在各自轨道上孤寂地运行
因为相距太远
看不见彼此的形体
只能凭着玫瑰花瓣般的遥远光晕
模糊地感到：
那或许是自己的姐妹兄弟

直到被一只大手全部抓起
像抛绣球那样
抛到了那颗蔚蓝的星球
在一片片绿色睡床上休憩
身旁飘来熟悉的呼吸
曾那么遥远而今却那么贴近
睁开眼睛相互打量：
原来你也在这里

5月11日

广玉兰

广玉兰是一座造船厂

每朵花开透亮了

就会分出十几艘小船

通常是九到十二艘

缓缓地放下支架

通体乳白仿佛自带浪花

嗅着水流的气息

各自寻找远方的航向

有时风吹

小船儿搁浅于石滩

有时雨打

小船儿倾覆于汪洋

广玉兰多想伸出臂膀

去救助这些迷航的小船

但她努力克制

努力克制着

收敛着自己的能量
因为还有更多的花儿在生长
还有更多的小船要起航
因为还有更多的花儿在生长
还有更多的小船要起航

5 月 15 日

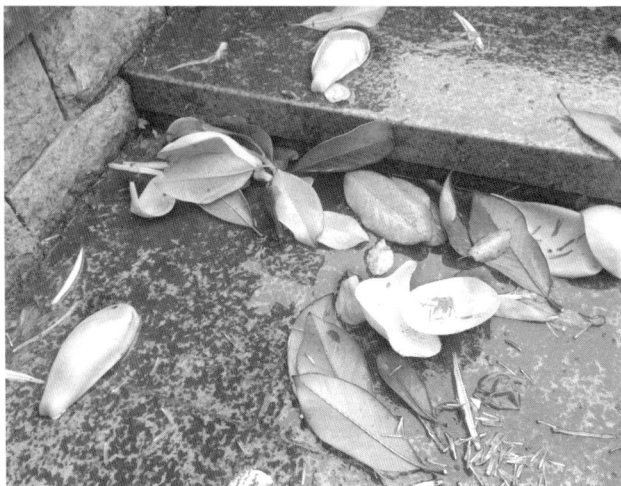

不要问杨花往哪一个方向落

如果说每一朵花前生都是蝴蝶

那么最不像花的杨花

前生该是一只最斑斓的金凤蝶

如今洗尽铅华

几乎不著一丝色彩

却以最勇敢的飞行姿态

飞向一切可能的空隙

不要问杨花往哪一个方向落

各有各的命理与结局

落入流水的杨花

将被东坡居士怜惜

落入田野的杨花

将化作秋叶的先驱

落入房间的杨花

将与手指的温度相吸相拒

只有落入眼帘的杨花

才以一种莽撞的方式

提醒你与它有缘

才会携手进入轮回通道

一起撑开金凤蝶的下一个春天

（往返巢湖的高速途中，大批杨花来袭。可惜如不明飞行物，拒绝在手机上留影。）

5 月 18 日

豆豆歌

童年的时候
口福是挂在脖子上的蚕豆串
在第一个热闹的课间就被抢得精光

中学的时候
口福是四季豆烧五花肉
妈妈说学生补脑就是离不开脂肪

大学的时候
口福是两个人的红豆冰粥
边吃边想着王维关于另一种红豆的诗行

刚上班的时候
口福是一碗豌豆鸡蛋汤
就着买来的快餐下肚是最好的能量

中年的时候
口福是一碗绿豆百合羹

要把经年积累的内火外火全部驱散

老年的时候
口福是一碟咸豇豆配清粥
边吃边瞅着南山的方向

（5月23日仿余光中先生《乡愁》而作）

芒果船

一只泰芒该怎么来到中土
我手持地图为它着想
它应该从湄公河上船
转入中国境内的澜沧江
在云南北部弃船走一小段陆路
经过香格里拉后进入滚滚长江
千江水又千江水
万重山又万重山
一路来到皖江中段
再经裕溪河进入巢湖
最后带着巢湖的水汽
来到我的身旁

但这如玄奘般的艰难
如今一张机票就能搞定
或是采纳高铁的解决方案
于是，在风驰电掣中

我们和那些鲜果一样

统统忘记了古旧的水路

芒果忘记了白帆

忘记了艄公的号子

我们忘记了庄子的不系舟

忘记了李白的轻舟

忘记了张潮的夜航船

忘记了知堂先生的乌篷船

江和河还在那里

只是我们一直在它们上面

仿佛高傲的铁鸟

不肯打湿自己的翅膀

芒果的核儿

却恰恰像一叶扁舟

提醒我们不该遗忘

请把它放进离你最近的小河

用水声交换它的清香

它无意返回自己热带的故乡

只是顺流而下

只是随遇而安

它会停在某个命运转折的地方
拍打着四周的水花
同时远远地拍打着你的血液
让你在愣神的一刹那
重温那遥远时空里
万舟竞发的酣畅

5 月 24 日

柠檬茶

酸王国的一辆快车

飞越苦王国的领空

落下一片淡黄色飞轮

潜入茫茫茶海的深渊

这飞轮将在叶丛任性地碾压

呼吸皖南山区的雾气

沁出地中海阳光

储存在自己身上的甘甜

5 月 27 日

被误认的金丝桃

如果开得再早一点
或许会叫它黄杜鹃
如果开得再香一点
或许会叫它大花瑞香
如果开得再浅淡一点
或许会叫它连翘
如果开得再浓艳一点
或许会叫它小桃黄
五月的墙角，金丝桃伫立
它以一个模糊的能指
为你展开了若干有趣的所指
让你明白装在脑中的植物学辞典
还需要无数细小的补丁

总在五月发生最多的错觉
当所有可能似乎一下子绽放之时
总是把一种花认成另一种花
把一个人认成另一个人
把茫茫广宇当成漫漫心事

把虚度光阴当成思考人生

在四月春寒和六月夏暑之间的

那一点清醒和明朗

总被运用得太多太滥

以至于不仅猜不中谜底

还弄丢了冬天就攥在手里的谜面

还是做一株金丝桃好了

淡定地站立在墙角

从来不去辨认这一个人和那一个人

许多人路过，少数人趋近

只有个别人才会在它眼前

投下脆弱的身影，而这身影

终将在盛大的夏日底下化为乌有

连同它自己的金色花瓣

一起被收起，只留下那忽灭忽明的余光

映射着已经被翻过去的五月

盛夏的某一个傍晚

当一片片金黄的柔光

盛在素白的碟子里，向你走来

你会把它叫作黄桃吗

5 月 28 日

雨荷

一面荷叶

在这个雨天的任务

是接住天上的一滴眼泪

然后回想

自己去年夏天的心事

6月2日

乌桕的心愿

该怎么引起一棵香樟的注意
长不到与他对视的高度
就向下触碰他的根柢
该怎么引起一棵香樟的注意
必须抓住所有机会
因为在冬雪的终极审判之前
随时可能被园丁锄去

最长只有一年的时间
活在香樟的阴影里
来不及开花
更等不到结果
于是她把所有的叶子
都装扮成一颗颗绿色的心
代替了那些世俗的言语

感谢飞鸟
意外地带来了这场交集
感谢冬雪

及时地熄灭了无望的相遇

她知道他来年将继续长高

越来越挺拔而威仪

可她不知道

大树那一年的年轮里

圆弧有一点点向内弯曲

那是他有意地向后避让

好让这株从天而降的小苗

在短暂的岁月

能长得更加适意

（乌桕树通常会扮演无厘头的倾慕者，忽而就出现在一棵大树的身旁。但由于身板弱小，往往熬不过寒冬。这是怎样一种奋不顾身的行为艺术！）

6月3日

被阳明先生遗忘的果

你未见此果时
此果恪守着自己完美的循环
你来见此果时
却一时两相缺憾起来
此果酸涩地立在枝头
你摘下了圆满的意念
却不知弥补在哪一个人生片段上

6月4日

时间化身佛甲草的上一秒

当时间路过佛甲草

它把快乐的那一半

变成了灿烂的小花

像骄傲的梵高

将所有黄颜料泼向星空

它把忧伤的那一半

变成了敦厚的小叶

像佛祖伸出的手指

要与一切悲苦达成和解

一株不足十厘米的小草

就这样展示了时间的行迹

和它并不高明的哲学二分法

可当你看向这花这叶的时候

已经是下一秒下下一秒

总是只能目睹一个个化身

而看不到时间本尊

不知此刻的此刻

它正在哪一株上暂停

左手塑造了一座座冰川

右手又将它们推进忘川

6月5日

栀子花

栀子花的香气浮起了六月
浮起了每一个清晨和夜晚
把一座座内陆城市
浮成了飘忽不定的海岛
向着南方的大溪地
唱起了醉人的歌谣

而这还只是浅醉
当洁白的花娘不舍地飘落
花托处将长出青铜的子实
捧着芬芳的酒卮
邀你与六月干杯
与所有的快乐和真相干杯
让你在恍惚中明白
火热的七月将坚定地到来
而纵饮的殷商
和禁饮的西周之间
只不过隔了短短数秒

6月7日

一株从盛唐就开始纠结的合欢

当古人学会了结绳记事
他们就明白每一次历史事件
都是一个纠结
当结到开元盛世的时候
历史打出了一个大大的结
这结上还兀自长出一株马缨花
正式的名字应该叫作合欢

那是明皇在华清池为贵妃所栽
他不在乎这花和叶是那么纠结
花指向妩媚，叶却通往羞涩
但似乎正好形容了佳人的青年和少年
朱鹮从枝头上衔走朝阳
把自己的羽冠留给了花蕾
月光下令所有叶子全部闭合
那是在为两个人的合舞无声地鼓掌

从马缨花走到马嵬坡
贵妃从妩媚走向无助

面对江山和美人的纠结

在铁骑和斧钺声中

明皇终于作出了艰难的抉择

每一次历史事件都是一个纠结

得意者的张扬，失意者的羞愧

统统长到了一棵树上

仿佛是一首讽喻诗最好的写照

人类一纠结，上帝就发笑

当那绯红的冠冕在笑声中

裂成羽片，与尘土共舞

每个人都不过是历史深处的一棵含羞草

6月9日

林奈

房前屋后总有不知名的花草

在挑战你的学识和记忆

多想回到前林奈时代

每个人都能任性地给花草命名

并且建立童话般的谱系

只恐在熟睡的夜里

我的植物王国会发生一场场起义

交换或更改各自的名字

修正或颠覆各自的人设

甚至抛下拙劣的命名者

向着几万里外

那个瑞典智者的书斋飞去

6 月 10 日

观看萱草的三种姿态

且忘了它叫萱草
记住它也叫鹿葱
总在初夏挺起骄傲的犄角
像母亲眼里孩子的奔跑

且忘了它叫金针菜
记住它也叫忘郁
总在六月彻底锁住寒冷
像母爱将所有烦忧抵消

且忘了它那颗百合心
记住它那长剑般的外形
那是整个植株迎风拉出的满弓
发射自己最青春的箭矢
然后在内敛的香气里
静静等待获胜的消息

6 月 12 日

山行偶见

那些无名的小飞行家
是最用心的剪纸大师
让寂寞的叶子在阴翳中开花
让奔流的时光从每一个细孔中
轻缓地滴下来
滴在陨落的翅翼上
铸成永恒的纪念日

6月14日

女贞与少年

总要几百个小米粒聚在一起
才敢开出低调的花朵
与张扬的栀子香和桂香相比
这花总带着一股酸涩的气息
一个瘦弱的少年来到女贞树下
对照自己卑微的青春
觉得找到了最好的代言：
这无趣的日子，请快快过去

女贞却摇摆着枝干，对少年
轻声细语：瞧我的叶子
那是世上最长命的树叶
每一张都能活两百多个日夜
正是喑哑无光的岁月
让它一天比一天致密和碧绿
所以，少年啊少年
且记啊且记
最羞涩的人往往有着最悠长的青春

6月16日

雨后

该如何接纳纷飞的雨滴
这是所有叶子都要做的一道力学题
有的紧迫，有的散淡
有的吹响了悠长的圆号
有的点亮了璀璨的星系

雨神从这头走到那头
发现苜蓿交的作业最认真
仿佛瘦弱的孩子怀抱硕大的水晶
紧贴着自己纤细的心跳声

6 月 18 日

时间的横枝

一朵南天竹上的打碗花

在想着什么呢

它会想蓝海，会想海星

你看得越久，越会发现

它们有着如此相似的脸庞

大自然总是不动声色地

把那么多亲眷

安排得天各一方

当一束淡紫色的光照在海滩

那是五角的打碗花在招呼五角的海星

而海星回报的一朵浪花

已经开在了隐秘的时间横枝上

6 月 19 日

铁树

立正，敬礼

向四周的前辈致意

然后奋勇挣脱羁绊

努力地想射向天宇

但每一次发射

都换来更大角度的倾斜

直至青春的火箭

变成中年的凤羽

见着这一切的人

都不会再苛求铁树开花

而是默默希望自己

从雏凤到老凤

也能这样不负岁月的洗礼

6 月 23 日

紫薇叶上的昆虫史

劳作，恋爱，休憩
一只瓢虫占据了一片紫薇叶
那是它的自留地
对着时光，它大声说：
放马过来，放马过来吧
我要和你周旋一夏

昆虫学辞典却无情地提示：
虽然长过蜉蝣的一天
但瓢虫的生命也十分短暂
通常仅仅四个星期
只有夏末出生的最后一代瓢虫
能够躲在树桩或岩石下隐居
抱团取暖，让其中少数
勉强熬过漫长的冬季

手捧辞典，忘却叹息
似乎有一匹任性的白驹
在这些或大或小的数据间奔腾

把所有的字符踩得模糊

窗外紫薇花开，结果

这些小小的果实已经商量好

要在来年，以最快速度

长出新鲜的自留地

接纳那经冬归来的旧虫

接纳它所背负的无数代记忆

6 月 24 日

凌霄花的情话

两只橘红的小鸟飞上树梢

在枝头窃窃私语：

让我们一起冥想

研读舒婷的诗句

让我们一起荡秋千

感受阵风的传奇

让我们一起下坠

在枯叶堆里继续相依

树下的行人听到这誓言

会疑心梁祝没有化蝶

而是化作一条金线

在每个有情的基因片段上攀援

6 月 25 日

石榴

从不承诺解渴

甚至不承诺甜蜜

对水乡的食客来说

石榴不是用于吃，而是用于想象

想象它的故土西域

想象沙漠中的旅人

携带它，如同携带

闪着玫瑰光泽的淡水湖

每天只取食三至四粒

同时保存干瘪的籽儿

用来记录漫天黄沙里

灵魂被炙烤的次数

6 月 26 日

榴莲

不屑做温顺的小鱼小虾
而是潜入深海
成为辽阔的抹香鲸
然后浮出水面
把龙涎香般的嫩黄软玉
奉献到王者面前

不屑做你乖巧的乡邻
而是要做蛮横的异域
当吮吸一点在口
便唤醒了整个热带雨林
那些带刺的精灵在树上跳跃
和你做着鬼马的游戏

6 月 27 日

参差

虽云八角金盘

但多是九角，或是七角

真正标准化的八角，反倒挺少

世上的芸芸众生

共用"人"这样一个称号

却各活各的心机与玄妙

罗素说得好："参差多态才是美。"

大道如青天，各活一小角

6 月 29 日

睡莲的信仰

日出，火冠，白仙子，渴望者，克罗马蒂拉
霞妃，冯珊姑娘，海尔芙拉，艾莉丝，佛琴纳莉斯
以上这些都是睡莲的名字
它们中的一种或几种，静静地开在
离你最近的池塘。你不认识它们
只知道那些命名者一定是把自己
最迷恋的记忆或最迷惑的事体
给了这些昼开夜合或晨开午合的花

印度人说，尘世中只要多一个人信佛
池塘里就会多开出一朵睡莲
莫奈不懂这些东方的玄机，他只是
不停地画，画它们在阳光中的活泼
和黄昏时的羞涩，直至他的视力
变得模糊，近乎全盲
于是大片大片混沌出现在他的画面
就这样，在混沌中走向东方精神
也走向每一位观者内心深处

那个你说不清楚也无法命名的东西
你只知道它们奇幻，却不真实
美丽，却不恒久
或者信仰，或者信无可依

7月1日

樱桃与铃兰

樱桃渴望自己能成熟得早一点
哪怕再早上那么几天
这样它就能拿起小红鼓
鼓起勇气
去敲响四月里的铃兰

7月2日

红叶石楠

每一片新叶都是红孩儿

红得那么张扬

而庸常的岁月

却动用悟空的金箍棒

很快就将这些新叶

打压成暗绿大叔的模样

只是剽悍的孩儿

从不在意教训二字

一场夏雨过后

依然张开鲜红的翅膀

并且直视着悟空追问：

难道你忘了自己

在水帘洞里的时光？

7 月 13 日

沿阶草

甘当城市里的打工仔
用短剑的绿瓦解水泥的灰
用缨穗的紫挑战汽车的尾气
纵然周遭的重压使它身形纤瘦
却无法阻挡那逆势绽放的冲力

在挖掘机依然轰鸣的夜晚
它回忆起原野里风的呼吸
并挤干自己仅有的一点清香
写成一封淡淡的家书
寄给远方的薰衣草兄弟

7 月 14 日

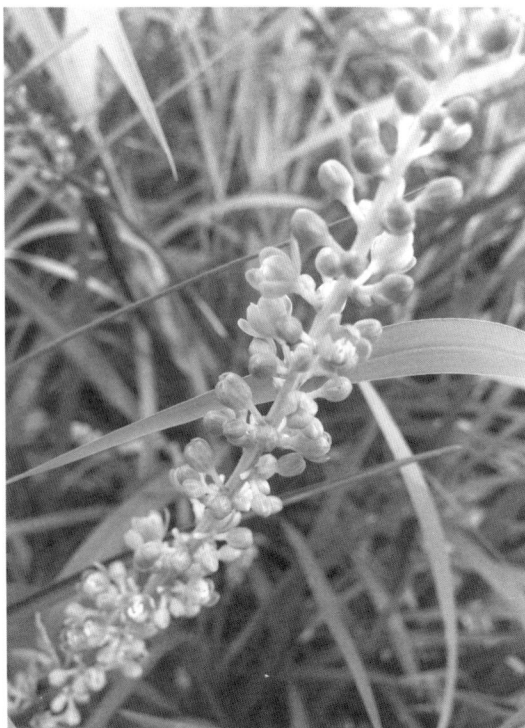

玫瑰红茶

红茶遇到玫瑰

是灌木遇到灌木

高地遇到低谷

浓雾遇到暖阳

去岁遇到今年

东方遇到西域

祁门或锡兰遇到

大马士革或卡赞勒克

啊，这气势恢弘的地理

曾折磨张骞玄奘马可波罗的地理

大自然将其浓缩为一条微信

发到了你的茶杯里

不起一点波澜

却勾连着千山万水

让你在一个散淡的下午

以微躯行于盛大的泡沫之上

有片刻的恍惚与犹疑

复又回归甜香的寂静

突然窗外汽笛鸣响

惊碎古道商帮的驼铃

7 月 17 日

木槿

是一部漫长的韩剧

从七月演到十月

每一位女主都很美丽

却只被分配了一集时间

个体的朝开暮落

换来了整个群体的生生不息

与樱花比拼命

与梅花比耐力

韩国人的生命哲学

凝结为他们的国花木槿

从围棋到足球

从影视到电器

甚至从奋不顾身整容后的脸上

你都能读到木槿那倔强的花语

7 月 19 日

木雕

他们不是被雕刻出来的
而是原本就居住在树中
当青翠叶子脱落，坚韧树皮解体
他们会轻柔而坚定地抓住雕刻家的手
从自己想象了千万次的弧度开始
到演习了千万次的微笑为止

每个走近他们的人
会忍不住双手合十
像一枚还没有打开的绿芽朝拜大树
朝拜那刀斧之下诞生的仁慈

7 月 21 日

无花果是座迷宫

无花果不是果
是饱满的花托
一座丰饶的阿拉伯迷宫
能从顶端小孔进入的
只有榕小蜂这种昆虫
迷宫里无数朵小花
在显微镜下才能看清
此刻雀跃地对着小蜂说：
来吧，我的名字叫红

辛勤的小蜂开始传粉
让一朵朵小花结出小果
原先的那一座迷宫
就此成为甜蜜的银行
晒干后它是多么小巧啊
当你轻易吃下一枚花托
其实是吃下了无数颗小果

吃下了无数朵小花的期盼
和无数只小蜂的帮忙
它们像数不尽的星星
运行在你那小宇宙的深处
闪着让夏娃也沦陷的光芒

这光芒，引人走出迷宫
却遇到更大的迷藏

（据说伊甸园里夏娃吃下的不是苹果，而是无花
果；而无花果树宽大的叶子，也成为她和亚当最初的衣
裳。）

7 月 22 日

向榕树致敬的泡桐

一株鄙陋的泡桐

也能长成榕树的样子

至少学会了后者的包容

小小树芽，请来寄生吧

尽情撑起你的小伞

在华盖般的大伞下毫不怯场

嗷嗷知了，请来蜕壳吧

但记住一定要把嘹亮的歌声

留给秋日的高阳

慢慢蜗牛，请来攀援吧

尽管你可能爬不到顶点

但每一块苍老的树皮

都将记住你湿润的容颜

（7月27日在淮北市相王府大酒店院内发现一株树龄50岁以上的泡桐，一个丰饶的生态之家。）

黄皮

一个黄皮肤的雀斑小子
走在南国的烈日下
太热啦，太困啦
且躲到绿叶深处做梦
却身不由己地加入到
穿越南北的万物循环之中

它的树叶像古朴的无患子
果实又像俏皮的小土豆
它的果肉像晶莹的荔枝
酸味又像悠远的柠檬
所有的果子都是一种果子
长在同一棵巨树上
只是有的分枝远在天涯

7 月 31 日

米兰

每一颗金黄的小米粒
都是最忠实的储蓄员
每天吸纳着太阳的存款
只为在夏末连本带息地
奉上那灿烂无比的芳香

哦，我们和这勤勉的小花一样
领受着阳光的恩赐
又该偿还些什么
是农夫手上的一粒粮食
还是闲人笔下的一首小诗

8 月 1 日

荷塘

缄默是黄昏的荷塘

花苞们抿起嘴唇，相互不语

似在默念佩弦先生的华章

偶有一朵开口，把口信

小心地放在荷叶上

等待白鹭飞过来衔走

交给民国的月亮

8月5日

被嫌弃的构树的一生

它那可疑的小红果无人采摘
它那毛糙的叶片不便制作书签
它那肆意生长的姿态
更从来不入绿化部门的法眼
于是被香樟和法梧挤到了角落
度年如日，度日如年

"其叶可喂猪，根和种子均可入药
其树皮可造纸，树液可治皮肤病"
这些古旧的功用只存活于
泛黄的植物学辞典，不再有人实践
而被嫌弃的构树却依然不倦地
用叶片上的毛孔吸纳着污尘和毒气
不为取悦人类，只为清洁鸟类的呼吸
好让这大自然的天使能将
自己的种子，播撒得更远更远
远离人类的视线

8 月 11 日

茶河

每天几钱茶叶

称量着你的生命

它还将继续称量

直到你的灵魂

攒满足够的重量

一条专属于你的茶水河

已经流淌了几十年

它还将继续流淌

流向一个云蒸霞蔚的地方

8 月 16 日

狗尾续貂

在炎炎夏日怀念冬夜
在淮河之南怀念北国
忆起无边雪林中掠过的一道紫色闪电
忆起自己年少时未能续写的一段传奇
于是把头垂得很低，垂得很低
安心做一面只在原地随风起舞的旗

8 月 19 日

北京街头的白皮松

一只北疆的鸟用尾羽织成了松针
一头南国的豹把斑斓奉献给了树干
当你看到白皮松时你看到了什么
你看到了植物在模仿动物

是列维坦笔下草原的繁色
是高更画中热带的迷彩
当你看到白皮松时你看到了什么
你看到了自然在模仿艺术

8 月 21 日

盐

坚果上的盐粒在闪着光芒

仿佛说自己其实来自大海

要送正在书海泛舟的人一点给养

于是我暂停划桨

拿简陋的文字作偿

那也是脑海深处析出的晶体

有点苦，有点咸

还有点暗哑的微光

8 月 28 日

法梧

无论经历多少磨难

芜湖路的梧桐总是张开双臂

迎接朝阳的到来

那是胜利的手势

也是欢庆的烛台

更是豁达的空的姿态

且让自由的风穿过

且邀你乘上这梧桐列车

耳边的绿叶哗哗作响

如同天籁

9 月 3 日

蕨

习惯于在大树阴影下过活
也没有年轮记录它的生长
而每当有巨大的身躯
出现在它的上方
总会从大地深处摇晃记忆
经过纤弱的根系传到细小的叶片
告诉每一枚叶子：
这或是恐龙，你遥远时代的玩伴

9 月 4 日

你该如何对待秋天

你可以采回一枝春天

让它绽放在花瓶里

你可以盛来一碗夏天

让它融化在冰淇淋里

你可以堆起一坨冬天

让它定格在雪人的微笑里

但你该如何对待秋天

这个比其他三季更空寥的季节

你只能把秋天写成一张明信片

寄给白云边的大雁

看着它衔着轮回越飞越辽远

而当你失落地翻开一本诗集

却发现秋天稳稳夹在最动人的字句间

像一枚永不凋零的书签

9 月 14 日

山楂树

当洁白的山楂花

在那首苏联歌曲里盛开的时候

我还穿着白衬衫戴着红领巾

如今一棵真实的树站在面前

所有的花儿都裹上了火红围脖

布满秋霜留下的斑点

于是我将在阳光下伫立

等够一个季节

直到一场大雪降临

让小红果重新开花

辉映我头顶的华发

9 月 19 日

命名

一只小蜂在一朵花上飞舞

尽管看得满心欢喜

可惜二者的名字我都不知晓

啊，那伟大的造物主

不会亏待他所造的任何一个小物

于是同样伟大的博物学家领受了使命

无数次的蹲守和观察

反复反复的研究和斟酌

才换来了那最贴切的名字

如同给自己的爱人取一个昵称

如同给自己的儿女取一个学名

9 月 20 日

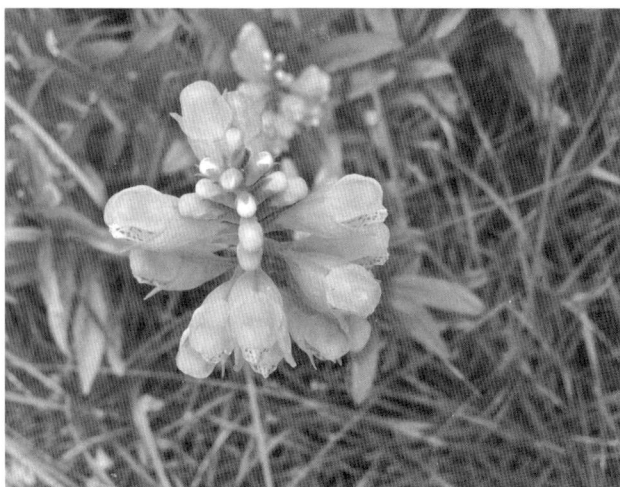

栾树

绿叶，黄花，红果荚

栾树是一面天然的三色旗

当这面三色旗尽情招展

秋王国的集结号就开始吹响

艳阳高照，草木酣畅

浑然忘却自己在清晨和夜晚

所经受的寒凉

9 月 21 日

杨树

杨树的叶子

生来就是为了下落的

只有落在地上你才会发现

它们是标准的心形

无声的心形

胜过树荫里万千的蝉鸣

9 月 22 日

宾馆里的树

宾馆里的树渴望着太阳

却被头顶不灭的灯夺走了黑夜的梦

宾馆里的树想把根扎得更深

却遭遇了脚下坚硬如铁的中亚石材

但它仍然是树，是树

因此把腰杆挺得笔直

看着熙熙攘攘的宾客来来往往

并且知道他们是无根的

9 月 29 日

滴水观音

一株滴水观音就是一个联合国
我用一周的时间
见证了一枚新叶的长成
像经历了一个国家的诞生
而最新的叶子总会长得最大
直到另一个大国悄然崛起

9 月 30 日

木芙蓉

喧闹的赤阑桥下面
木芙蓉开放，花朵硕大，
却有点木头木脑的样子
正如她那憨憨的名字

她是否回想起自己的姊妹
春天的牡丹和夏日的芙蕖
三姊妹共用芙蓉这个名字
又各有各的性格和情怀
仿佛红楼梦中人
牡丹是宝钗
芙蕖是黛玉
而木芙蓉，正好是憨憨的湘云

就像约好了似的
从春到秋次第开放
无限的体贴

不叫每一季落空

无限的美丽

取悦于人们的眼睛

只是不知她们在红尘辗转中

都各自遇到了什么样的贾宝玉

10 月 2 日

八角金盘

每一次生长都是一次战斗

所以先把自己握成一个拳头

再一点点地释放青春和激情

直到每一张叶子都彻底伸展

成为盛放阳光的完美之盘

才全然忘却年少时的紧张

享受如今这暗绿色平静

10 月 11 日

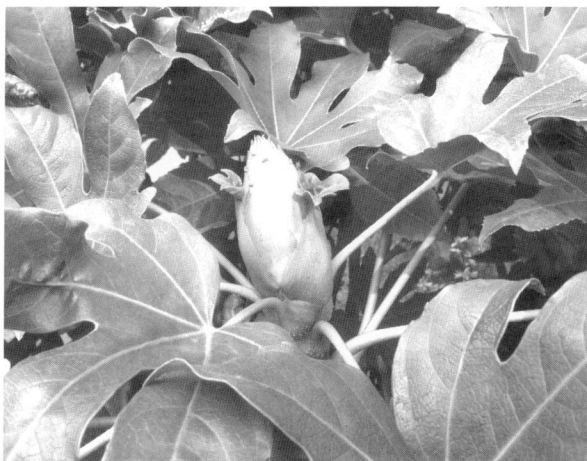

照片墙

短短的十多米，已经有四棵小树
把自己的照片挂上了石墙
秋日的暖阳下，它们的表情格外倔强
即将到来的冬雪
将毫不留情地遮蔽它们的容颜
但那只是短暂的消失
来年春天，会有更多小树上墙
它们的模样将更加清亮

10 月 12 日

青涩

终其一生都保持青涩的
是女贞的果实
绝不把自己想得比叶子更高
而是低调地与它们保持色彩一致
只是到了深秋
才有一点微微的泛黄
那也不是为了炫耀
而是表明自己没有辜负金色的阳光

10 月 15 日

使命之外

自然之神对玫瑰说：你专心开花吧

对无花果说：你专心结果吧

又对八角金盘说：你专心经营叶子吧

于是八角金盘用无边的绿

装饰了整整三个季节

但它还是忍不住要开花

那颗高于叶子的心

化作淡黄的烛台

把灿烂的喜悦一一点亮

10 月 25 日

牛油果

是谁把丰腴的黄油扔在了密林里

隐藏在绿叶丛中

它的另一个名字叫鳄梨

是植物中的动物

这一切源于那一颗强大的心脏

比牛更勤劳，比鳄更坚忍

把热带的阳光雨露全都雕刻在心上

恰似大师的艺术品

让每一位吃完果肉的食客

仍能呼吸到果核包含的生命气息

并且思索自己在有限的时光里

该从事怎样的跨界飞行

10 月 26 日

问

一只玲珑的巢

端坐在玉兰的树杈

静得能听见彼此的呼吸

终于，树开口问巢：

你的主人哪里去了？

巢沉吟片刻后回答：

春天，它将和你的花儿一起归来

11 月 1 日

无心

一丛菊科植物

有四种颜色和三种花型

已足够让人惊喜

偏有一只鲜艳的虫子

来完成花上添锦之举

这一切都那么浑然天成

呵，它们不知道自己有多美丽

不知道自己有多美丽

11 月 2 日

心机

秋风中的海桐果

已经由青变黄

再过些时日

它将开口微笑

露出美丽的红色种子

不为取悦人类

只为吸引小鸟注意

每一个路过的人

都折服于这小小灌木的心机

并渴望莽撞的小鸟能够领情

哦，那为了繁衍而流露的心机

那么直白又那么纯真——

大自然是所有心机的总和

11 月 3 日

领地

歌德说：我的领地，就是时间
这一丛蕨类植物，被禁锢在窨井里
凉冷的铁栏杆，锁住了它的视线
但它拥有的时间，却无比辽远
一季接着一季
忍得了冬天，便是春天

11 月 4 日

小红果

冬天已至
你得调整自己的审美视线
当万红褪尽
一串小红果就能让你足够惊喜
它们是草木部队留下来的哨兵
吹着小小的圆号
把寒风的呼啸变成乐音

11 月 10 日

温室里的舞会

黎明的面纱尚未全部揭开

温室的灯火依旧通明

那里昨夜是否有一场舞会

花儿跳舞，草儿伴奏

当我站在高楼上注视

看不清它们的面容和表情

但我觉得，每一株植物都戴着面具

安徒生的面具

还有小意达的面具

以及许多他笔下人物的面具

他和它们互为化身

他写出了自己

不经意间就成了最好的童话

11 月 12 日

大钟寺

从嫩绿走向金黄
大钟寺外的银杏叶
已经听了整整三季的钟声
佛海无边，又怎能听够
在风中摇晃着不肯落下
但终要落地，落地成佛
谁会将它们拾取
夹进一本古旧的诗集
让日后翻动书页的声音
也与梵音相共鸣

11 月 13 日

叶脉

我们该从何说起呢
当冬天即将冻结舌尖的时候
或者我们该对一切保持沉默
化身为细小的蚂蚁
爬上一柄枯黄的梧桐树叶
体会在叶脉分岔处选择的犹疑
最终还是没有走任何一条小径
而是迅速直奔到叶子背面
在背人处再作艰难的决定

11 月 17 日

比利时杜鹃

望帝羽化前的最后一眼

一定是望向茫茫的西域

于是那只背负使命的子规

乘着眼波的翅膀

一路向西，一路向西

飞抵一个虞美人盛开的国度

如今它又化身为奇花

翩然归来，翩然归来

绽放在你北方的寒室

让你觉得自己置身于温暖的蜀国

四周每一片草叶上

都有望帝那超越悲喜的泪痕

11 月 27 日

智者之雾

在雨、雪、霜、冰等所有水之变态中，雾的分量最轻，却是最具浸润性和笼罩性的，会霸气地充满每一个空间。这让我想起那些智者，和官、商、士相比，他们很轻，没有什么社会地位，也不生产任何物质资料，但他们会笼罩人们的视线，慢慢地浸润到每一个人思想的最深处，而且，他们作为人类之雾，往往是一场暴雪的先遣。

11 月 30 日

红算珠

是怎样的一只手

摘下这些冬天里的红珠

串制成专属于你的算盘

又会有怎样一只更大的手

悄悄而不由分说地拨动着算珠

算出你的青春何时结束

算出你的轮回何时开始

12 月 2 日

蟹爪兰

是因为对蓝天的渴念太盛
还是对受制于茎叶的怨念太深
这株小花精准地把自己
定位成愤怒的三级跳选手
奔跑，起跳，再起跳
最后一跳将是几近飞翔的蹦极

在这样一个冬日慵懒的午后
一朵蟹爪兰教给我什么是奋不顾身

12 月 8 日

蒲公英

　　脚下的青草早已斑驳，身边的绿枝也已枯黄，但蒲公英仍然保持它一贯的淡定，那历久弥新的萌感，让人想起暮春时的和煦阳光。狄金森说"希望是个有羽毛的东西"，似乎就是照着蒲公英来写的。而我则能想象到这样一幅画面：在冬夜的月光下，一株蒲公英一点点地收集南飞小鸟掉下的绒毛，然后编织成自己温暖的衣裳。

12 月 15 日

敬亭绿雪

　　昨天下午登敬亭山，是个阴天，云朵一片板滞，不复李白诗中的闲散与灵动。当地人说，茶园是敬亭一景，尤其是夕阳下的茶园，分外好看。虽然天公不作美，但茶树之绿，超出我的想象，提亮了整个山景。原来，茶树本身就是自发光体，不用借夕阳之力也自闪光。再走近细看，已有嫩尖在枝头浮动，几个月后，当有一场盛大的绿雪在此地升起。

12 月 20 日

五谷饭

土豆，南瓜，芋艿，玉米

都曾是某些民族在某些时段的主食

有的现在还是，特别在那遥远的地方

每一样都是生活在大地上的人

带着谦卑向大地母亲求来的

如今它们围绕在稻米身边

构成五谷共和——

不是联邦，而是更自主的邦联

那闪烁的星光是鸡蛋

一切食物中的最好食物

它的热力，仿佛隐身于世间的小小太阳

难道不是吗？

每一次最浅陋的进食

都是天与地最仁慈的合唱

12 月 21 日

日子

蜡梅专门收集从你那里

走失的一个个日子

让它们绽放于自己的横枝

无论是辉煌还是灰暗

都将被镀上一层金黄

蜡梅花开，新年到来

那清幽的香气

提醒你该怎样把时光过得闪亮

1月1日

动感

高架桥有着世上最长的马背

却是一匹永远不动的石马

摩天楼有着世上最高的树干

却是一棵永不开花的水泥树

整个世界颠倒过来了

该动的不动，不该生长的却恣意生长

而恍惚的人们，坐在奔忙的车厢里

依然渴望看到一片绿叶

探出灰色窗户，化作最清新的雨滴

1 月 12 日

雪就是光

屋里的灯光每闪一下
屋外的雪花就亮起一朵
光子也有重量
那重量叫作温暖
雪籽也有高度
那高度叫作纯洁

谁能像关闭一盏灯那样
关闭整个天空
所以，雪是永恒的光
这光还将返回天上
准备在另一个星球
在另一个黄昏下降

1 月 22 日

平行

　　雪的世界不同于任何一个世界，因为它让每个人都感到自己是唯一的闯入者，此前无限纠缠的个人世界变得——平行起来。你看着自己留下的脚印，第一次清醒地意识到自己从哪里来，又要到哪里去。这些脚印却随时会像鸿爪般飞走，飞到另一个平行世界，在下一秒由另一个你踩出。而此刻落在你身后的脚印，下一秒又将从何处飞来？

1 月 23 日

含蓄

时光的美

从不和盘托出

它控制着自己

一天只袒露一点

1 月 26 日

铁壶与泥炉

因为与山泉的约定
梅花愿意绽放在黑铁上
因为对寒月的怜惜
太阳愿意栖身于黄泥中

那么，开始煮吧
宇宙最初就是一个炽烈的小点
如果时间愿意
绿芽般的星星
将开遍无垠的暗黑森林

1 月 27 日

如洗

雪融之后的叶子
有着世上最洁净的脸
因为从天而降的雪
领受了这样的使命：
每一个雪孩子
都要抱住一个灰孩子
带着它一起渗入
温暖而深沉的大地

1 月 28 日

献给夏奈尔的一朵山茶花

不开那么多

只开一小朵

不开那么满

只开刚过半

然后就让时间停下来

等夏奈尔的手伸出来

采撷这专属于她的灵感

再在衣香鬓影中

绽放出恒久的螺旋

1 月 31 日

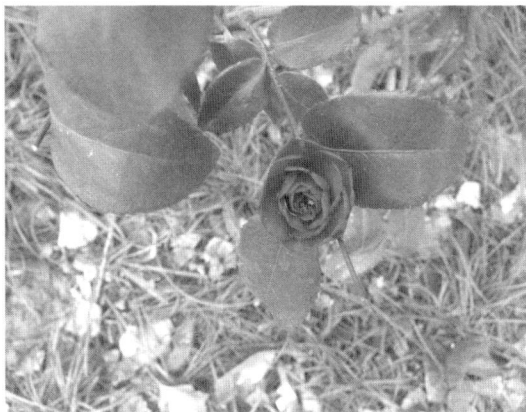

雪松

孤单地立在那里

像极了披着蓑衣的渔翁

只是面前没有江水

手中也没有鱼竿

但仍然笃定地,淡定地

钓出了千年的寂寞

钓起了宇宙最初也是最后的空

2 月 1 日

预言

　　大海、森林、雪山和沙漠，《星球大战》有意选了最经典的风景，向岌岌可危的地球致敬。这些风景美得如此不真实，如此脆弱，仿佛并非该地球所拥有。有时候我想，地球其实是一面大镜子，将遥远星球的最美好景色，一一映射过来，组成最为宏大、最让人类麻醉的海市蜃楼。它们或许很快就会消失，因为宇宙中正有一只看不见的大手，想要关掉这面镜子。那时候我们所有人的戏份都将结束，然后流浪到星系深处，生活在冰冷的机械之间，看着舷窗外闪烁的流星，回忆着大海的水滴，森林的露珠，雪山的冰晶，沙漠的沙砾——它们都是伟大的预言，关于眼泪的预言。

2 月 3 日

后 记

这些写植物的小诗，全都发在我的微信朋友圈里，时间是 2015 年 4 月至 2016 年 4 月。

微信的兴起，居然推动了诗歌的重新崛起，这是谁也不曾想到的。我能在中间凑个热闹，有一种"共襄盛举"的感觉。但仔细一回想，如果在唐代的时候就有朋友圈，那么李白、杜甫、白居易大概也会每天发一首的。相对而言，诗人是较能耐得住寂寞的人，但诗人仍然需要交流，诗歌也同样需要应和。

写作，就是向茫茫时空发出一封信，与那些堂皇的大作相比，诗歌本来就是微信。但它对于语言的要求却最高，对于创新的要求也最严苛。我的这些小诗，除了极少数是以前构思好的，百分之九十以上都是当天写的，从灵感兴起到文字落定，也就是那么几十分钟的事情，所以其新意究竟如何，我是很惶恐的。

因此，更要感谢那些不吝于点赞的朋友，在这里特别为你们送上一首小诗：

致所有点赞的人

点一个赞要调动多少力量
无法用严谨的物理学检测
也不必用玄虚的灵魂学计算
但你该知道
那是疲倦眼神中
勉力流出的又一点清新
那是僵硬指尖上
认真按下的又一个烙印
他或她
把本来可以看新闻联播的一瞬
把本来可以抢红包的一秒
给了你的照片或文字
然后默默隐在网络的海洋里
像换完气之后的鲸鱼
但你该知道
这些可爱的庞然大物
还在关注着你
关注着来自你的每一颗水滴
随时准备再度跃起

所以，点出来的是一个心啊
在这个空心的相框里
你尽可以放上生活的琐碎

和工作的琐屑
只因有你也愿意看他或她的人在看
所有的平凡也将着上一缕色彩
只因有那些默契的点点赞赞

今之圣贤说
君子之交淡如"指"

　　最后要说明的是，诗集中的所有照片，都是我用一部苹果手机拍的。这，恐怕是唯一值得李白、杜甫、白居易羡慕的地方。